D1368624

¡Súper bebés!

adaptado por Alison Inches
basado en guión original de Valerie Walsh
ilustrado por Victoria Miller

SIMON & SCHUSTER LIBROS PARA NIÑOS/NICK JR.
Nueva York   Londres   Toronto   Sydney

Basado en la serie de televisión *Dora la exploradora*™ que se presenta en Nick Jr.®

SIMON & SCHUSTER LIBROS PARA NIÑOS
Publicado bajo el sello editorial de la División Infantil de Simon & Schuster
1230 Avenue of the Americas, New York, New York 10020
© 2006 por Viacom International Inc. Traducción © 2006 por Viacom International Inc.
Todos los derechos reservados. NICK JR., *Dora la exploradora* y todos los títulos relacionados, logotipos y
personajes son marcas registradas de Viacom International Inc.
Todos los derechos reservados, incluido el derecho a la reproducción total o parcial en cualquier formato.
SIMON & SCHUSTER LIBROS PARA NIÑOS y el colofón son marcas registradas de Simon & Schuster, Inc.
Publicado originalmente en inglés en 2006 con el título *Super Babies!* por Simon Spotlight, bajo el sello
editorial de la División Infantil de Simon & Schuster.
Traducción de Argentina Palacios Ziegler
Fabricado en los Estados Unidos de América
Primera edición en lengua española, 2006.
2 4 6 8 10 9 7 5 3 1
ISBN-13: 978-1-4169-2461-6
ISBN-10: 1-4169-2461-2

Hi! Soy Dora. Boots y yo estamos dando a mi hermanito y mi hermanita su comidita de banana. Les encantan las bananas—¡como a Boots! También les encanta que les cuente cuentos. ¿Quieres escuchar el cuento de los súper bebés? ¡Fantástico!

Había una vez dos gemelitos—un niño y una niña. ¡Eran súper bebés! ¡Los súper bebés podían volar súper!

¡Podían gatear súper!

¡Podían llorar súper!

¡Eran súper fuertes!

Y más que nada, adoraban su súper comidita de banana.

Cierto día, un zorro astuto de nombre Swiper empezó a llevarse las bananas de todo el mundo. ¡Hasta se llevó la súper comidita de banana!

Swiper tiró todas las bananas muy muy lejos.
—¡Ahora nunca van a encontrar las bananas! —dijo
Swiper riéndose.

¡Los súper bebés querían su comidita de banana! Para rescatarlas, Map dijo que teníamos que pasar por el baño de burbujas y trepar los bloques de construcción. ¡Y así es como podríamos rescatar las bananas!

¡Los súper bebés montaron
en su súper cochecito y adiós!
¡Gu-gu, ga-ga!

Primero teníamos que encontrar el baño de burbujas. ¡Los súper bebés usaron su oído súper para oír las burbujas en el lejano camino! *¡Pop, pop, pop!*

Pero cuando trataron de seguir el camino, lo encontraron bloqueado—¡un gran bebé oso azul estaba profundamente dormido! ¡Para despertar al gran súper bebé oso azul, los súper bebés tuvieron que súper llorar! ¡Les ayudamos! ¡Les ayudamos! *¡Gua! ¡Gua!*

¡El súper llanto hizo efecto! El gran bebé oso azul despertó y se apartó del camino para que pudiéramos llegar al baño de burbujas.

Pero, ¿cómo lo cruzamos?

Los súper bebés sabían lo que tenían que hacer: ¡usarían el súper soplido para soplar un bote que los llevara al otro lado!

¡Había tantas burbujas en el baño de burbujas—y eran enormes! *Super big bubbles!* Tenemos que súper reventar las burbujas con los dedos. ¡Pop! ¡Pop! ¡Pop!

Después de cruzar el baño de burbujas teníamos que encontrar los bloques de construcción. ¡Pero no los veíamos! ¡Entonces los súper bebés usaron su súper visión de rayos X para ver los bloques de construcción a través de una roca!

Cuando llegamos a los
bloques de construcción
tuvimos que encontrar
la manera de llegar al
barranco. ¡Teníamos que
usar los bloques para hacer
escalones! Los bloques eran
muy pesados para que Boots
y yo los alzáramos . . .

¡Gu-gu, ga-ga!
¡Pero los súper bebés
podían hacerlo! ¡Súper
alzaron los bloques de
construcción e hicieron
súper escalones!

Contamos en inglés mientras ascendíamos hacia la cima: *One, two, three, four, five!*

¡Pasamos los bloques de construcción! ¿Pero dónde están las bananas? Los súper bebés usaron su súper fuerza para alzarnos más y más alto . . . ¡hasta que pudimos ver las bananas!

¡Los súper bebés tuvieron que súper volar con nosotros hasta las bananas! Pero pronto los súper bebés se cansaron. ¡Tenían sed! ¡Necesitábamos biberones! *The bottles!*

¿Dónde había biberones?

Yes! ¡En Backpack!

Por suerte que Backpack tenía biberones para los súper bebés. ¡Después de una súper bebida, los súper bebés estuvieron listos para despegar otra vez!

¡Los súper bebés volaron con nosotros hasta donde estaban las bananas y su comidita de banana! ¡Hasta una banana andante! Pero espera—las bananas no caminan . . . ¡No era ninguna banana—era Swiper!

Swiper se iba a llevar la comidita de banana. Teníamos que decir —¡Swiper, no te la lleves!

¡Dio resultado! Los bebés por fin pudieron comer su comidita de banana. *We did it!* ¡Lo hicimos!

¡Viva! Nos divertimos muchísimo con el cuento de los súper
bebés. ¿Cuál fue tu súper parte favorita?